I0686549

LA

VÉNUS DE MILO

COMÉDIE

Représentée pour la première fois, à Paris, sur le théâtre impérial de
l'Odéon, le 15 octobre 1858.

Yth

18860

LAGNY. — Typographie de VIALAT.

LA
VÉNUS DE MILO

COMÉDIE EN TROIS ACTES

EN VERS

PAR

LE COMTE LOUIS D'ASSAS

PARIS

MICHEL LÉVY FRÈRES, LIBRAIRES-ÉDITEURS

RUE VIVIENNE, 2 BIS

—

1859

— Représentation, reproduction et traduction réservées. —

1858

A

MONSIEUR LE COMTE DE MARCELLUS.

MONSIEUR LE COMTE,

Le bienveillant intérêt que vous avez témoigné à cette pièce m'enhardit à la placer sous le patronage de votre nom. Cet hommage, de peu d'importance si l'on songe au mérite de ma comédie, vous deviendra précieux en rappelant à tous les admirateurs du chef-d'œuvre qui m'a inspiré que c'est à vous que le doit la France.

Veuillez croire, monsieur le Comte, aux sentiments respectueux avec lesquels j'ai l'honneur d'être,

Votre très-humble serviteur,

Cte D'ASSAS.

PERSONNAGES

PRAXITÈLE.............................	MM. Guichard.
PHIDIAS.............................	Laray.
AGATHON.............................	Gibeau.
CLÉON.............................	Ferrier.
CALLIMAQUE............................	Ariste.
LYSIAS.............................	Philippe.
PARIS.............................	Riga.
ASPASIE.............................	Mlles Méa.
CHLOÉ.............................	Debay.
CORYPHÉES.............................	Mosé.
....	Debrukel.
MESSAGER DE L'ARÉOPAGE.............	M. Étienne.
ESCLAVE, portant des fruits...............	Mlle Eugénie.
ESCLAVES ET PEUPLE......................	

Lorsqu'en rêvant dans les galeries du Louvre, je conçus l'idée de cette comédie, je ne pensais pas qu'elle dût jamais paraître devant le public. Les encouragements de quelques amis m'engagèrent à lui faire voir le jour, et MM. Alphonse Royer et Gustave Vaëz, alors directeurs de l'Odéon, l'accueillirent avec une bienveillance très-flatteuse pour moi, et dont je leur conserve une sincère reconnaissance. Une partie de la presse s'est montrée sévère pour ma première œuvre; je ne m'en plains pas. Il y a dans toute critique quelque chose d'utile au poëte; en amoncelant les obstacles devant lui on l'oblige à consulter ses forces et son courage avant de s'engager dans la carrière. C'est le baptême des tropiques que tout navigateur doit subir s'il est assez hardi pour vouloir doubler le cap des Tempêtes, et je remercie les aristarques du feuilleton de ne pas m'avoir épargné cette épreuve. Je regrette seulement qu'il ne m'ait pas été permis de les consulter avant la représentation de ma pièce; elle y eût sans doute gagné au point de vue de la forme. Je n'ai pas la prétention de croire mon style parfait; j'attache moins d'importance à la rime qu'on n'a l'usage de le faire aujourd'hui; il me semble puéril de lui sacrifier la pensée; c'est peut-être un tort.

Quant aux reproches qui atteignent le fond même de l'œuvre, je les accepte moins facilement. Plusieurs m'ont blâmé d'avoir fait Phidias contemporain de Praxitèle. J'eusse évité ce blâme, en donnant à mes personnages des noms imaginaires; je le pouvais d'autant plus que les archéologues les plus habiles ne sont pas d'accord entre eux sur l'auteur de la *Vénus de Milo*. Si je ne l'ai pas fait, c'est que j'ai cru que ma fable y perdrait en intérêt. J'ai pensé qu'avant tout le but du poëte dramatique était d'intéresser et d'émouvoir, et que le public me pardonnerait volontiers un léger accroc à la chronologie pour voir réunis sous ses yeux ces noms glorieux de Phidias et de Praxitèle, qu'on est habitué à ne pas séparer par l'imagination, et qui sont le Sophocle et l'Euripide de la sculpture. J'ai agi en cela comme Panini, dont les tableaux de ruines réunissent sur une même toile des monuments souvent fort éloignés les uns des autres; et pour citer des noms plus illustres, je pourrais dire que Virgile et Shakspeare n'ont pas reculé devant de pareils anachronismes.

Quelques critiques, s'attachant à une prétendue couleur locale, m'ont reproché d'avoir donné à Agathon l'idée de s'emparer de l'œuvre de Praxitèle, assurant que le plagiat était inconnu dans l'antiquité, où tout chacun travaillait au grand jour. Je leur demanderai si la fable du *Geai paré des plumes du paon* n'est pas aussi ancienne que le monde.

D'autres affirment que les sentiments que je prête à Chloé et à Praxitèle, au moment où Agathon annonce qu'il veut faire un modèle de sa nouvelle esclave, sont des sentiments purement modernes. Selon eux, Praxitèle eût été flatté de cet hommage rendu à la beauté de son amante, et Chloé, loin d'en être offensée, s'en fût enorgueillie. S'ils avaient raison, s'il était vrai que les jeunes Grecques fussent aussi disposées à dévoiler leurs charmes aux regards des admirateurs, comment expliquer la fable d'Actéon changé en cerf pour avoir contemplé Diane au bain, et cette loi de Lesbos qui condamnait les jeunes filles suicidées à être exposées nues après leur mort. La pudeur et la jalousie sont de tous les siècles; tous les sentiments vrais sont éternels. Et si je ne craignais de paraître trop chercher l'érudition dans ces lignes qui précèdent une œuvre toute de fantaisie et d'imagination, je les renverrais au savant archéologue M. Beulé, qui leur prouvera que les statues de femmes de la grande époque antique étaient toutes vêtues, que Praxitèle fut le premier à représenter une Vénus dans toute la nudité de ses formes, et que cette statue, quoiqu'un chef-d'œuvre, fut refusée par le peuple à qui elle était destinée, précisément à cause de cette nudité. Mais, encore une fois, je ne fais pas de l'archéologie.

Du reste, le public a parfaitement compris mon intention, et l'accueil chaleureux et sympathique qu'il a fait à ma pièce m'a prouvé que j'avais atteint le but que doit se proposer tout poëte dramatique. On s'est intéressé à ma fiction; que puis-je désirer de plus?

Je dois ici l'expression de ma gratitude à mon excellent ami M. Adrien Limague, pour sa complaisance à mettre son talent de compositeur au service de ma comédie. Ses mélodies, simples et larges, réalisent bien l'idée qu'on se fait de la musique antique, et si j'ai un regret, c'est que la scène de l'Odéon, peu familière aux exigences lyriques, n'ait pas permis de leur donner, dans l'exécution, toute l'importance qu'elles méritaient.

Je saisis également cette occasion pour dire à MM. Henri Portalés, Édouard Geoghegan et Edmond Gondinet, combien j'ai été touché de leur sollicitude pour ma pièce, dont ils ont suivi toutes les péripéties *ab ovo*, et qui a beaucoup gagné à leurs intelligentes critiques.

Il ne me reste qu'à remercier les artistes qui lui ont donné la vie. M. Guichard a réalisé de la façon la plus complète l'idéal que j'avais rêvé dans le rôle de Praxitèle; il en a saisi toutes les nuances, et a rendu avec beaucoup de tact ces deux amours qui se partagent le cœur du jeune captif, Chloé et la gloire. Bien que je n'eusse jamais douté de son talent, je suis heureux de lui donner ici ce témoignage de reconnaissance et de sympathie. M. Gibeau a fait une véritable création du rôle ingrat et difficile d'Agathon; il a su éviter avec une rare intelligence ces deux écueils où devait sombrer un acteur ordinaire, l'odieux ou le ridicule; il n'a été ni un tyran de mélodrame, ni un *Sainville* en cothurne; il a été Agathon tel que je l'avais compris. M. Lamy a représenté avec dignité le personnage de Phidias; quelque peu mouvementé que soit ce rôle, il y a trouvé de belles inspirations et des élans chaleureux. Quant à MM. Ferrier et Ariste, chargés de rôles bien au-dessous de leur talent, ils ont su leur donner une valeur dont je les remercie. Je ne saurais trop me féliciter de ce que mademoiselle Méa a bien voulu débuter à l'Odéon par le rôle d'Aspasie, qu'elle a fait ressortir avec le talent d'une actrice consommée. Mademoiselle Debay a su se faire applaudir dans le rôle de Chloé. Enfin je remercie également mesdemoiselles Mosé et Debrunel de l'abnégation avec laquelle elles se sont chargées des rôles de coryphées.

Paris, 30 octobre 1835.

LA VÉNUS DE MILO

ACTE PREMIER

Le théâtre représente un jardin antique : à gauche du spectateur le péristyle de la maison d'Agathon. Dans le jardin doit se trouver un petit pavillon fermé entouré de bosquets de lauriers, myrtes, lauriers-roses et autres arbres de la Grèce. Le jardin est décoré de vases et de statues. Dans le fond et par des échappées de feuillage on aperçoit la ville d'Athènes, l'Acropole, etc.

—

SCÈNE PREMIÈRE.

AGATHON, PHIDIAS, CALLIMAQUE, CLÉON, ASPA-
SIE, sont à table sous un berceau de verdure, à droite du spectateur : les
hommes sont couchés sur des lits et couronnés de roses. — Aspasie est
assise sur un siége. — Lysias et Pâris les servent. D'autres esclaves,
hommes et femmes, portent du vin dans des amphores et des corbeilles de
fruits.

AGATHON, à Aspasie.

Accepte de ma main cette orange de Crète.

PHIDIAS.

Quel miel délicieux !

AGATHON.

Il vient du mont Hymette.

CALLIMAQUE.

J'admire ces raisins de Corinthe!

AGATHON.

Voilà
Les fruits si parfumés des ronces de l'Ida.
Les pommes de Milo, les noix de Thessalie,
Les amandes d'Argos, les citrons d'Italie.
Là les gâteaux au miel du célèbre Lysis
Ou ces parfums mêlés à la neige. Choisis.

CALLIMAQUE.

Pâris, du vin de Chypre! Il est bon.

AGATHON.

Il me coûte
Assez cher pour le croire.

CLÉON.

Oh! personne n'en doute,
Car c'est une justice à te rendre, mon cher,
Tout ce qu'on voit chez toi coûte toujours fort cher;
Mais tu le fais savoir.

AGATHON.

Moi, j'aime la dépense
Et veux que mes amis chez moi fassent bombance.
A ma table l'on a toujours de quoi choisir :
Mangez donc sans façon, vous me faites plaisir.
(A Cléon.)
Aux bons morceaux, d'ailleurs, tu n'es pas insensible.

CLÉON, regardant Aspasie.

A côté d'Aspasie il devient impossible
De boire ou de manger. L'on regarde.

ASPASIE.

Merci!
Mais ce n'est qu'au dessert que tu parles ainsi.

AGATHON.

Modère un peu, Cléon, ta folle fantaisie;
Ici tout est à vous, hors l'amour d'Aspasie.

CALLIMAQUE, se levant.

Mon cher amphitryon, tu n'es pas généreux;
Le fruit que tu défends, c'est le plus savoureux.

CLÉON.

Tu n'es qu'un égoïste.

CALLIMAQUE.

A propos, ma charmante,
Éclaire, je t'en prie, un point qui me tourmente.

ASPASIE.

Qu'est-ce donc, Callimaque?

CALLIMAQUE.

Explique-moi comment
Il se fait qu'Agathon soit ton heureux amant.
Toi, qui pourrais choisir parmi toute la Grèce,
Tu dédaignes la gloire et tu prends la richesse!
Un artiste en ton cœur devrait avoir le pas.

ASPASIE, riant.

Je l'ai pris justement parce qu'il ne l'est pas.
D'un artiste pour nous la tendresse idéale
Nous donne dans son cœur la gloire pour rivale ;
Mais avec Agathon il n'en est pas ainsi ;
A mon amour son art ne cause nul souci ;
Nul chef-d'œuvre de moi ne viendra le distraire.

AGATHON.

Tu plaisantes fort bien, mais si j'ai su te plaire
C'est que je suis artiste.

CLÉON.

Artiste toi ! Vraiment !

AGATHON.

Sans doute, moi.

CLÉON.

Sur l'art veux-tu mon sentiment ?
Honneur à Phidias ! Buvons tous à sa gloire !

CALLIMAQUE, à Agathon.

Eh bien ! tu ne bois pas ?

AGATHON, de mauvaise humeur.

Non, je suis las de boire,
Je n'ai plus soif.

(A part.)

Toujours Phidias !

PHIDIAS.

A demain
Les ennuyeux soucis ; ne songeons qu'au festin.

(A Agathon.)

Vieux satrape, voyons, quitte ces airs moroses ;
La vie est courte, il faut la parsemer de roses.
A quoi rêves-tu donc ?

CLÉON, à Phidias.

Son ennui vient de toi.

PHIDIAS.

De moi ? cela m'étonne infiniment.

CLÉON.

Pourquoi,
Phidias, as-tu fait d'aussi belles statues ?
Pourquoi s'incline-t-on devant toi dans nos rues ?
Pourquoi l'Aréopage, au pied du Parthénon,
Chaque année au concours proclame-t-il ton nom ?

Des succès éclatants qui remplissent ta vie
Il est jaloux; ta gloire excite son envie.

ASPASIE, à Agathon.

Quoi, tu serais jaloux? Jaloux de Phidias?

AGATHON.

Chacun a sa valeur.

CLÉON.

Ami, ne te plains pas,
Mon avis est qu'on doit accepter sans murmure
Les qualités qu'on tient des mains de la nature.
A chacun elle donne avec variété :
Au serpent, la prudence, au lion, la fierté,
A l'éléphant, la force, au renard, la finesse,
Au chien, la vigilance, au lièvre, la vitesse.
Voit-on ces animaux se jalouser entre eux?
Sachons les imiter, nous serons plus heureux,
Et n'assombrissons pas les heures de la vie
Lorsque autour du festin le plaisir nous convie.
Phidias tient du ciel la gloire; son ciseau
Peut créer chaque jour un chef-d'œuvre nouveau;
Son nom est devenu célèbre dans la Grèce;
Mais à ton tour, ami, n'as-tu pas la richesse?
Le vois-tu soupirer après tes mines d'or?
Laisse-lui son génie et garde ton trésor.
J'ai dit : Esclave, à boire!

AGATHON.

Ainsi donc, à t'entendre,
A la gloire lui seul a le droit de prétendre?

CALLIMAQUE.

Et qui donc oserait l'égaler aujourd'hui?

AGATHON, avec fatuité.

Il fait bien, mais on peut faire aussi bien que lui,
Et, sans aller fort loin...

CLÉON.

Je voudrais le connaître
Celui-là qui prétend se mesurer au maitre.

CALLIMAQUE.

Serait-ce toi?

CLÉON, riant.

Qui sait?

AGATHON.

En seriez-vous surpris?

CALLIMAQUE, riant.

Décidément Bacchus a troublé ses esprits.

CLÉON, à Phidias.

Il rêve qu'il a fait la Minerve guerrière.

AGATHON.

Je ne l'ai pas faite.

CLÉON.

Ah !

AGATHON.

Mais j'aurais pu la faire.

CALLIMAQUE.

Et tu n'as pas daigné, sans doute?

CLÉON.

Par les dieux !

J'eusse voulu la voir, c'eût été curieux.

CALLIMAQUE, plaisantaut.

Mais, j'y songe, Agathon; pour la prochaine fête
Dans Athène un concours de sculpture s'apprête,
Tu devrais concourir. Qu'en dis-tu?

AGATHON, sérieusement.

Non, ma foi!

Le prix aurait fort peu d'importance pour moi.

CALLIMAQUE, riant.

Tant mieux pour Phidias; j'aurais craint pour sa gloire,
C'est un rival terrible.

CLÉON.

Allons, allons, à boire !

A l'illustre Agathon!

CALLIMAQUE.

Et tu nous montreras

Tes chefs-d'œuvre nombreux, ô nouveau Phidias?

AGATHON.

Riez, mes bons amis, mais, vous aurez beau rire,
J'ai produit cependant des œuvres qu'on admire.

CALLIMAQUE.

Ta Latone surtout!

AGATHON.

Bah ! elle te déplaît?

CALLIMAQUE.
Mais c'est à dégoûter des femmes tout à fait.

AGATHON.
Ma Latone, pourtant....

CLÉON.
Parlons-en, elle est belle !
Des bras d'Hercule avec un torse de Cybèle.

CALLIMAQUE.
Et puis elle est par trop callipyge, mon cher.

AGATHON.
De ses défauts alors accuse Jupiter.

CALLIMAQUE.
Pourquoi donc ?

AGATHON.
La nature a fourni le modèle;
Oui, ma Latone existe, on la nomme Asphodèle;
Mon œuvre est un portrait, je ne le cèle pas,
Et j'ai servilement copié ses appas.

CLÉON.
Tant pis pour elle!

AGATHON.
On doit suivre en tout la nature ;
C'est la réalité que j'estime en sculpture.
Le laid peut être beau s'il est bien imité.
Votre convention n'est pas la vérité.
Mon œuvre est vraie au moins, et vaux mieux, sur mon âme,
Que toutes ces Vénus qui n'ont rien de la femme.

ASPASIE, se levant.
Mais alors, à quoi sert l'imagination
Si tu résumes l'art dans l'imitation?
A défendre ta thèse en vain tu t'évertues,
Crois-tu que Phidias, quand il fait ses statues,
S'attache uniquement à l'imitation?
Non, son œuvre, il la doit à l'inspiration.
Vois son Olympien; sous cette froide pierre
Ne devine-t-on pas le maître du tonnerre?
On comprend que tout cède à son commandement,
De ses puissants sourcils on craint le mouvement,
On adore le Dieu qui gouverne la foudre
Et dont le bras pourrait mettre le monde en poudre.
Crois-tu qu'en copiant il aurait pu trouver

Ce type que son art divin a su rêver ?
Non, l'art c'est l'idéal et non pas la nature,
Toi, tu n'es pas sculpteur, tu fais de la sculpture.

CALLIMAQUE.

Aspasie a raison.

PHIDIAS, se levant; tout le monde le suit.

Quoi! sérieusement
Tu songes à la gloire, à son enivrement ?
Eh bien! puisque entre nous chacun parle à sa guise,
Je veux t'ouvrir mon cœur, excuse ma franchise.
Tu n'es pas né pour l'art, toi, mais pour les plaisirs.
Dans un facile amour contente tes désirs,
Dépense tes trésors, fais parler de tes fêtes,
Mais, crois-moi, laisse-nous, intrépides athlètes,
Descendre dans l'arène où, sous sa main de fer,
Un dieu nous tient captifs. Par le grand Jupiter,
C'est beau d'avoir un nom illustre. Oui, sans doute,
J'en conviens; mais ce nom, sais-tu bien ce qu'il coûte?
Dis-moi : connais-tu bien ce signe glorieux
Dont quelques fronts élus sont marqués par les dieux?
Sais-tu bien, toi qui veux briguer cette couronne,
De combien de douleurs le destin l'environne?
Les épines, vois-tu, s'y cachent sous les fleurs
Et font saigner le front et répandre des pleurs.
Être artiste! tu crois que c'est chose facile?
C'est le colosse au cœur de flamme, au corps d'argile :
Le corps s'use bientôt dans ces jeux triomphants;
Comme Saturne, l'art dévore ses enfants.
Oui, pour l'artiste il est des heures bien cruelles!
Souvent, lorsqu'il s'efforce à déployer les ailes,
Qu'il veut suivre le vol de l'inspiration,
Il succombe, au berceau meurt sa création.
Et même s'il parvient, au prix de mille peines,
A maîtriser le dieu qui s'agite en ses veines;
Si, dans ce grand combat il demeure vainqueur,
Crois-tu que tout soit dit pour le triomphateur?
Son triomphe est souillé par la hideuse envie,
Serpent, dont la fureur n'est jamais assouvie,
Et qui cherche à ternir, de son souffle odieux,
Tout front que le génie a rendu glorieux.
Il tient le feu du ciel ainsi que Prométhée,

Mais par d'obscurs rivaux son œuvre est insultée
Et, pour avoir atteint au lumineux séjour,
Cet autre Prométhée a trouvé son vautour.
Crois-moi, tu n'es pas fait pour d'aussi grandes choses,
Ces combats sur ton front effeuilleraient les roses,
Regarde Icare : au sien ton sort serait pareil,
L'aigle seul a le droit d'approcher le soleil.

CLÉON.

Ah ! mon pauvre Agathon, Phidias parle en maître.
Renonce à la sculpture, apprends à te connaître :
A chacun son métier, mon cher, garde le tien.

AGATHON.

Cependant...

CALLIMAQUE.

Mes amis, pour changer l'entretien,
Je propose...

CLÉON.

Quoi donc?

CALLIMAQUE.

Hier, je fis la folie
D'acheter deux chevaux venus de Thessalie;
On va les atteler pour la première fois;
Je veux vous les montrer.

PHIDIAS.

Nous te suivons tous trois.

ASPASIE.

Je rentre.

(Agathon, Phidias, Callimaque, Cléon sortent par le fond. — Aspasie
rentre dans la maison.)

SCÈNE II.

LYSIAS, PARIS.

PARIS, s'approchant de la table d'un air plein de gourmandise.

Ces débris ont un air respectable,
Le plaisir le plus doux est celui de la table.

(Il s'assied, boit et mange.)

LYSIAS.

Gourmand! Et l'amour donc?

PARIS.

Je ne dis pas non, mais,

On peut toujours manger; aimer à jeun, jamais ·
Je préfère Bacchus à Vénus.

LYSIAS.

Moi, je pense
Que le plus doux plaisir de tous, c'est la vengeance.
Oui, Pàris, me venger d'un rival détesté
C'est le comble pour moi de la félicité.
Eh bien! pour le goûter je compte sur ton zèle.

PARIS.

Comment donc?

LYSIAS.

Tu connais le jeune Praxitèle?
Du maître cet esclave a gagné la faveur;
Il est fier, nous dédaigne et se croit un sculpteur,
Parce qu'à dégrossir les marbres on l'emploie.

PARIS.

Certes! je le déteste!

LYSIAS.

Ah! Pàris, quelle joie
J'ai de t'entendre ainsi partager mon courroux!
Nous allons nous venger de lui.

PARIS.

Le pourrons-nous?
Le maître le protége, et...

LYSIAS.

Que ferait le maître,
A ton avis, Pàris, s'il savait que le traître
Est aimé d'Aspasie et qu'on le traite, hélas!..
Comme on traita jadis le bon roi Ménélas.

PARIS.

Ce que ferait le maître? Il le tûerait.

LYSIAS.

Sans doute.
Eh bien! viens avec moi tout doucement... écoute.

(Il conduit Pàris à la porte du pavillon.)

PARIS.

C'est lui, mais il est seul; que fait-il là-dedans?

LYSIAS.

Pàris, j'ai découvert des secrets importants.
Ce petit pavillon, obscur et solitaire,
De tous leurs rendez-vous abrite le mystère.

Le bonhomme Agathon ne se doute de rien;
Mais moi, j'ai de bons yeux et j'ai tout vu fort bien.

PARIS.

Comment! il se pourrait! La célèbre Aspasie?..

LYSIAS.

De l'amour d'un esclave elle a la fantaisie;
Les femmes sont souvent étranges dans leur goût,
Et le plus fin de tous n'y comprend rien du tout.
Épions avec soin; quand ils seront ensemble
Nous irons avertir Agathon.

PARIS.

Il me semble

Qu'on approche?

LYSIAS.

C'est elle; examine ses yeux.

PARIS.

Oui; vers ce pavillon ses regards soucieux
D'un amour contenu semblent darder la flamme.

LYSIAS.

Eh bien?

SCÈNE III.

LES MÊMES, ASPASIE.

ASPASIE, aux esclaves.

Retirez-vous.

PARIS, à part.

Que bizarre est la femme!

LYSIAS, à part à Paris.

Allons tout dire au maître et qu'un supplice affreux
Nous délivre bientôt d'un rival odieux.

(Ils sortent.)

SCÈNE IV.

ASPASIE.

O mère de l'amour! ô puissante déesse,
Fille de Jupiter! pardonne à ta prêtresse,
D'oser, en empruntant en ton nom et ta voix,
Aux yeux de cet enfant se montrer quelquefois.
Pauvre berger captif, ignorant son génie,
Il pleurait les amours laissés dans sa patrie,

Et la première fois qu'à ses yeux j'apparus,
Le pauvre infortuné me prit pour toi, Vénus;
Puis, tombant à mes pieds, il me dit : « O Déesse!
« Si le sort d'un mortel, aux cieux vous intéresse,
« S'il est vrai que l'amour sait toucher votre cœur,
« Au nom de mon amour, rendez-moi le bonheur.
« Que je puisse revoir le ciel de ma patrie,
« Laissez-moi retrouver mon amante chérie.
« Si, par votre secours, je traverse les flots,
« Pour vous, je sculpterai le marbre de Paros!
« Et dans mon île obscure élevant votre image,
« Chaque jour à ses pieds j'offrirai mon hommage! »
Moi qui, dans le berger, devinais le sculpteur,
Pour le faire grandir, je flattai son erreur :
A ta place, acceptant son pieux sacrifice,
Comme tu l'eusses fait, je me montrai propice,
Et je lui dis : « Vénus accepte tes travaux.
« Enfant! il faut tailler le marbre de Paros,
« Dans Athènes bientôt un concours se prépare;
« Que ton œuvre y paraisse et Vénus te déclare
« Que si dans ce concours tu remportes le prix,
« Bientôt tu reverras le ciel de ton pays... »
A ces mots je m'ôtai brusquement de sa vue.
Depuis lors, Praxitèle a fait une statue !
Personne encor n'a vu ce marbre précieux,
Excepté moi qui viens chaque jour en ces lieux,
Evitant les regards, à l'ombre du bocage,
Admirer son travail, exalter son courage,
Et montrer comme but à ses nobles efforts
La patrie et l'amour! voilà quels sont mes torts,
Voilà ce qu'en ton nom osa faire Aspasie.
Mais d'un trouble divin je suis toute saisie!
(On entend une musique à l'orchestre qui va en augmentant comme le tonnerre.)
Tu me parles; la foudre a grondé dans les cieux.
Ah! tu m'approuves donc et j'ai rempli tes vœux.

(Elle se relève d'un air inspiré et s'approche du pavillon.)

   * Humble enfant, relève la tête,
     Vénus sourit à tes travaux;

___

* Pendant cette strophe et celles de Praxitèle, qui suivent, musique
de harpes et d'harmoniums dans la coulisse.

L'heure du triomphe s'apprête,
Tu domines tous tes rivaux.
Je protégerai ton génie,
Oui, malgré la hideuse envie.
Courage! tu triompheras!
Et, la clameur universelle
Mettra le nom de Praxitèle
Près de celui de Phidias!...

(Elle disparaît rapidement dans le bosquet.)

SCÈNE V.

PRAXITÈLE, sortant du pavillon.

Mon rêve serait-il un mensonge funeste?
Serais-je le jouet d'une cruelle erreur?
Non; Vénus m'a parlé, sa parole céleste
　　　Fait naître l'espoir en mon cœur.
Elle était là!.. sa voix a ranimé mon zèle!
Elle m'a dit : « Courage! et tu triompheras! »
Elle a promis la gloire à l'humble Praxitèle,
　　　Elle a parlé de Phidias!
Je pourrai donc revoir tes champs, ô ma patrie!
Tes coteaux où fleurit le cytise argenté,
Et près de ma Chloé recommençant la vie,
　　　Oublier ma captivité.
Chloé! ton souvenir sur ce lointain rivage
Ne me quitte jamais et je songe au retour;
Je me suis fait sculpteur pour fixer ton image,
　　　En moi l'art est né de l'amour.

SCÈNE VI.

PRAXITÈLE, AGATHON.

(Praxitèle, absorbé par sa rêverie, ne s'aperçoit pas d'abord de l'entrée d'Agathon.)

AGATHON, à part.

Un esclave oserait me faire un tel outrage!
Le voici! son aspect redouble encor ma rage!
Je saurai châtier cet indigne rival!
Je veux que le supplice au crime soit égal!
Mais pour tout découvrir feignons avec adresse.

(Haut.)
Que fais-tu là? Réponds!

PRAXITÈLE.

Étranger à la Grèce,
Je pleurais mon malheur en songeant à ces bords
D'où le destin m'éloigne...

AGATHON.

Ah! tu songeais! Alors
L'amour seul du pays occupe ta pensée?
Eh bien! l'on m'avait dit qu'une flamme insensée
Te brûlait; je veux voir ce portique isolé,

(A part.)

Esclave, va l'ouvrir... Comme il paraît troublé!
Ah! je saurai punir l'insolent qui me brave.

PRAXITÈLE.

Je ne vous comprends pas... Quoi? vous croiriez?

AGATHON, montrant le pavillon.

Esclave,

Ouvre-moi cette porte!

PRAXITÈLE.

Ayez pitié de moi!
Dispensez-moi d'ouvrir.

AGATHON.

Tu résistes, je crois?
N'as-tu pas entendu l'ordre que je te donne?

PRAXITÈLE.

O mon maître, en ces lieux il n'est entré personne...
Ah! ne me forcez pas.

AGATHON.

Je saurai t'y forcer!

PRAXITÈLE.

Adieu, tout mon espoir! tu vas donc t'éclipser.

AGATHON.

Obéis à l'instant.

PRAXITÈLE.

Mais...

AGATHON.

Je sais qu'une femme
Est cachée en ce lieu... Tu te troubles, infâme?
Ta rougeur te trahis. Allons! guide mes pas,
Je veux la voir, je veux...

PRAXITÈLE, avec noblesse.

           Ah! ne blasphémez pas!
Celle qui vient ici consoler Praxitèle,
Ainsi que vous croyez, n'est point une mortelle!
Fille de Jupiter, elle a droit au respect;
Et mon front tout tremblant s'incline à son aspect:
C'est Vénus!

AGATHON, avec ironie.

       C'est Vénus? J'adore ton histoire.
Ah! Vénus t'apparaît? A qui feras-tu croire
Une chose pareille? Oui, la belle Cypris,
Pour toi quitte l'Olympe, ô nouvel Adonis!

PRAXITÈLE, avec une ironie douloureuse.

C'est vrai, je ne suis rien qu'un esclave, une chose
Qu'on achète, qu'on vend, de laquelle on dispose;
Je ne suis qu'un fragment de votre mobilier,
Un pauvre chien qui porte au cou votre collier.

(Avec une rêverie croissante.)

Autrefois, à Milo, dans mon île sauvage,
J'étais berger; souvent, assis sur le rivage,
Quand mes chèvres paissaient sur le bord de la mer,
Je rêvais en suivant des yeux le flot amer;
De ses rayons l'amour illuminait ma vie;
Assise à mes côtés, ma compagne chérie,
Ma Chloé s'endormait le front sur mes genoux,
Et je veillais sur elle en ces moments si doux.
* Souvent, pour la parer le matin d'une fête,
* Des fleurs de l'églantier je couronnais sa tête,
* Et lorsque le soleil desséchait les moissons,
* Pour elle je cueillais les mûres des buissons (1).
Quelquefois sa voix, fraîche et pleine d'harmonie,
Murmurait les accords de la tendre Ionie;
Elle chantait Vénus, l'amour, la liberté.
Son chant naïf était par l'écho répété,
Et moi pour l'écouter, suspendant mon haleine,
J'oubliais mon troupeau dispersé dans la plaine.
L'amour de l'art aussi grandissait dans mon cœur,
Chloé m'encourageait au travail du sculpteur;
Mon marbre était du buis ou du myrte sauvage,

(1). Les vers marqués d'un astérique sont suprimés à la représentation.

Et mes faibles essais ébauchaient son image :
L'avenir souriait à mon esprit charmé;
J'étais heureux alors; j'aimais, j'étais aimé,
J'étais libre!... Aujourd'hui, vous voyez ma misère!
Ayez pitié de moi, maître. Votre colère
Pût encore aggraver mon sort infortuné.
Cet asile secret que vous m'avez donné
Ne me l'arrachez pas. Oui, que j'y puisse encore
Calmer par le travail l'ennui qui me dévore !
Quand je suis en ce lieu, j'aime à me souvenir;
C'est là que sont éclos mes rêves d'avenir,
Et j'en ai fait un temple à la patrie absente.

AGATHON, riant.

Oui, toute cette histoire est vraiment fort touchante ;
Pourtant tu veux cacher un secret à mes yeux.
Pourquoi d'un tel mystère entoures-tu ces lieux?

PRAXITÈLE, ouvrant la porte du pavillon.

Vous allez tout savoir!

AGATHON, surpris.

Que vois-je! une statue!

(A part, avec dépit.)
Jamais marbre plus beau ne s'offrit à ma vue.
(Haut.)
Voilà ce qu'à mes yeux tu voulais cacher, toi?
Quel est donc le sculpteur? Parle!

PRAXITÈLE.

Pardonnez-moi

D'avoir osé tout seul et loin des yeux du maître...

AGATHON.

Comment? ce serait toi ?

PRAXITÈLE.

Vous la blâmez peut-être?

AGATHON, avec négligence.

Vraiment! c'est ton ouvrage? Et pourquoi le cacher?
Ce marbre n'est pas mal! je veux le retoucher.

PRAXITÈLE, avec émotion.

La retoucher! pourtant moi je la croyais belle!
De ma Chloé ce marbre est l'image fidèle.
Non, non, je ne veux pas m'en séparer encor,
C'est mon espoir, mon bien, mon unique trésor;
Elle est à moi; je l'aime!

AGATHON, avec dureté.
>Ah ! c'est une autre affaire :

Elle est à toi, dis-tu ? La chose n'est pas claire.
Je ne fais pas venir des marbres précieux
Pour servir aux essais d'un esclave orgueilleux.

PRAXITÈLE.

Ce marbre était pour moi le seul but de ma vie ;
Par lui j'avais l'espoir de revoir ma patrie,
Ma Chloé, mon troupeau, les champs, la liberté,
Et Vénus m'avait dit que la postérité
Auprès de Phidias placerait Praxitèle.

AGATHON.

J'admire ton courage et j'estime ton zèle ;
Mais de tes yeux je dois arracher le bandeau :
Dans un chemin fatal s'égare ton ciseau ;
De Phidias l'exemple entraîne ta jeunesse ;
Tu rêves l'idéal, c'est une maladresse.
Ce qu'on aime aujourd'hui, c'est la réalité,
C'est ce que chaque jour l'on voit à son côté.
Regarde ta Vénus ; ce n'est point une femme :
Elle est froide, imposante, et ne dit rien à l'âme.

PRAXITÈLE.

Hélas !

AGATHON.
>A son aspect nul ne songe au plaisir.

Ma Latone, au contraire, éveille le désir.
C'est là ce qu'il convient de bien rendre en sculpture ;
L'artiste doit toujours copier la nature :
La nature ! voilà le point essentiel !
Et vouloir l'embellir c'est outrager le ciel !
Pourtant ce n'est pas mal pour un début. J'espère
Que dans deux ou trois ans tu pourras bien mieux faire
En suivant mes conseils.

PRAXITÈLE.
>Adieu mes rêves d'or !

AGATHON, d'un air mystérieux.
Pour toi la liberté pourrait renaître encor.

PRAXITÈLE.

La liberté !

AGATHON.
Voyons, ranime ton courage.

De Milo, si tu veux, tu reverras la plage ;
Cela dépend de toi.

PRAXITÈLE, ému.

Maître, qu'avez-vous dit ?
Non, vous ne voulez pas abuser mon esprit ?
La liberté ! pour moi, n'est-ce pas ? Votre esclave,
S'il veut, avez-vous dit, peut briser son entrave ?
Je puis revoir bientôt les bords où je suis né.
De grâce expliquez-vous. Du pauvre infortuné,
O maître, ranimez l'espérance abattue.
Que faut-il ? Je suis prêt.

AGATHON, froidement.

Oublier ta statue.

PRAXITÈLE fait un mouvement.

Oublier ma Vénus, ma Chloé !

AGATHON.

Je le veux !

PRAXITÈLE.

Maître, j'obéirai.

AGATHON.

Tu dis que dans ces lieux
Personne n'est entré ; jure-le.

PRAXITÈLE.

Je le jure !

AGATHON, sévèrement.

Tu sais de quel supplice on punit le parjure ?

PRAXITÈLE.

J'ai dit la vérité.

AGATHON.

C'est bien ; je veux aussi,
Je veux, entends-tu bien ? que nul ne sache ici
Que cette œuvre est de toi.

PRAXITÈLE.

Maître, soyez tranquille ;

(A part, avec ivresse.)

Nul ne peut le savoir. Je reverrai mon île,
Ma Chloé !

AGATHON.

Maintenant, reprends ta liberté
Et retourne à Milo ; telle est ma volonté.
Je consens même encore à payer ton passage

Sur le premier vaisseau qui quittera la plage ;
Adieu, pars.

PRAXITÈLE.

Je bénis, maître, votre bonté ;
Au captif vous avez rendu la liberté.
Dans mon île, bientôt, si le vent m'est propice,
Pour vous mes mains feront fumer un sacrifice,
Je renais au bonheur, je vais partir ! Pourtant
Je voudrais bien aussi... ne fût-ce qu'un instant...

AGATHON.

Je brise tes liens ; à celle qui t'adore
Je te rends ; que veux-tu de plus ?

PRAXITÈLE, montrant la statue et avec une émotion croissante.

La voir encore,
Lui faire mes adieux ! Cela me fait du bien !
Elle fut si longtemps mon unique soutien !
Je l'aime, voyez-vous ; je serais mort sans elle !
Maître, regardez-la, n'est-ce pas qu'elle est belle ?
Voyons, dites-le-moi, personne ne l'entend,
Dites-moi qu'elle est belle et je serai content.

(Mouvement d'impatience d'Agathon. — A sa statue.)

Adieu, je pars, adieu.

(Il sort.)

AGATHON, quand Praxitèle est parti.

Je crois bien qu'elle est belle.

SCÈNE VII.

AGATHON, puis LYSIAS.

AGATHON, appelant.

Lysias !

(A part.)

Cachons bien notre Vénus nouvelle
A tous les yeux. Et toi, qui triomphas toujours,
Prends garde ! Phidias !

(A Lysias qui entre.)

Va m'inscrire au concours.

(Lysias le regarde avec étonnement et s'incline.)

FIN DU PREMIER ACTE.

ACTE DEUXIÈME.

Même décoration qu'au premier, moins la table du festin.

—

SCÈNE PREMIÈRE.

AGATHON, CALLIMAQUE, entrant en scène.

CALLIMAQUE, riant aux éclats.

Sur ton compte, Chrysès en fait courir de belles.

AGATHON, étonné.

Chrysès?

CALLIMAQUE.

Chrysès, le grand colporteur de nouvelles;
Il m'a dit... mais c'est faux, j'en suis sûr.

AGATHON.

Enfin, quoi?

CALLIMAQUE.

Je suis bien convaincu qu'il s'est moqué de moi.
Il m'a dit...

(Il rit.)

AGATHON.

Qu'a-t-il dit?

CALLIMAQUE.

Ah! tu vas bien en rire!..
Il m'a dit qu'au concours tu t'étais fait inscrire
Pour une Vénus! Ah! ah!

(Il rit.)

Tu ne ris pas?

AGATHON, très-sérieusement.

Non.

CALLIMAQUE.

C'est risible pourtant.

AGATHON.

Mais Chrysès a raison.

CALLIMAQUE.

Chrysès a raison?

AGATHON.

Oui.

CALLIMAQUE.

Tu concours, toi !

AGATHON.

Sans doute.

CALLIMAQUE.

Je ne sais si je rêve ou bien si je t'écoute !
Agathon, je le vois, ce n'est pas sérieux.

AGATHON.

C'est très-vrai, Callimaque, et j'atteste les dieux !

CALLIMAQUE.

Ne les atteste pas, mon cher, c'est inutile,
Car je ne te crois pas.

AGATHON.

Tu m'échauffes la bile.
Ton doute, Callimaque, est fort impertinent.
Je concours ; dans ce fait que vois-tu d'étonnant ?

CALLIMAQUE.

Voici Cléon. Eh bien ! je gage, par Hercule !
Que tu ne pourras pas le rendre plus crédule.

SCÈNE II.

LES MÊMES, CLÉON.

CALLIMAQUE.

Cléon, sais-tu le bruit qui circule ?

CLÉON.

Oui, ma foi !

Et je n'ai pas fini d'en rire.

(Il rit.)

CALLIMAQUE.

Comme moi !

(Il rit.)

CLÉON.

Agathon au concours s'est, dit-on, fait inscrire.

CALLIMAQUE.

Je le nie, il se fâche.

CLÉON.

On vient de me le dire ;
J'étais dans l'atelier de Phidias.

AGATHON.

Eh bien !

Qu'en pense Phidias ?

CLÉON, sérieusement.
Mais il n'en pense rien.
CALLIMAQUE.
J'ai parié mes deux chevaux de Thessalie
Que le bruit était faux.

AGATHON.
Peste ! quelle folie !
Tes chevaux sont perdus.

CLÉON.
Il se pourrait ! Ce bruit...
AGATHON.
Rien n'est plus vrai, Cléon, que ce que l'on t'a dit.
(A Callimaque.)
Tu n'auras pas gardé longtemps ton attelage.
CLÉON.
Agathon, jusqu'ici, moi, je t'avais cru sage ;
Je me trompais ; tu viens le prouver aujourd'hui.
(Avec force.)
Mais Phidias concourt.

AGATHON.
Que m'importe !
CLÉON.
Avec lui
Tu prétends donc lutter ? Sais-tu ce qu'il présente ?
AGATHON.
Non, mais, quoi que ce soit, moi, je m'en épouvante
Fort peu... chacun pour soi : laissons là Phidias,
Qu'il triomphe s'il peut, je ne l'empêche pas.
CALLIMAQUE.
C'est donc vrai, tu concours ?
AGATHON.
La chose est sérieuse.
CLÉON.
Et quel est ton sujet ?
AGATHON, avec emphase.
Vénus victorieuse.
J'ai choisi le moment où le berger Pâris
Remet la pomme aux mains de la belle Cypris.
Une main qu'elle élève au-dessus de sa tête
Soutient avec orgueil la pomme, sa conquête,
Et l'autre sur son corps un instant dévoilé

Ramène le tissu qui la couvrait... Je l'ai
Assez bien réussie et crains peu la critique.

CLÉON.

Ah !

CALLIMAQUE.

Montre-nous-la donc, cette œuvre magnifique.

AGATHON.

Allons chez Phidias, d'abord.

CLÉON.

Pourquoi cela ?

AGATHON.

Je ne veux la montrer que lorsqu'il sera là.

SCÈNE III.

LES MÊMES, LYSIAS.

AGATHON.

Qu'est-ce donc, Lysias ?

LYSIAS.

C'est un marchand d'Asie.

AGATHON.

Que veut-il ?

LYSIAS.

Il amène une esclave choisie.
Vous cherchiez un modèle ? Elle en a la beauté.
De ses attraits, je crois, vous serez enchanté.

AGATHON.

Où donc est ce marchand ?

LYSIAS.

Si vous la trouvez belle,
Il reviendra chercher le prix de son modèle.
Il en veut un talent.

AGATHON.

Que m'importe cela ?
Qu'on me l'amène ici dans l'instant.

(Lysias va à la porte de la maison et fait signe à Chloé de venir.)

SCÈNE IV.

Les mêmes, CHLOÉ.

Chloé, vêtue très-simplement, doit être drapée d'une manière artistique et
rappeler la Vénus de Milo par sa coiffure et son attitude.

LYSIAS.

La voilà !

(Il sort.)

AGATHON, à part.

Qu'ai-je vu ! cette fille !.. Eh ! mais, c'est la statue !
Étrange ressemblance !

CALLIMAQUE.

En ses traits répandue
Une aimable pudeur embellit sa beauté.
C'est la chaste Diane ou Vénus Astarté.

AGATHON.

Je la garde, c'est bien.

CLÉON.

Je la trouve charmante ;
Lysias a du goût.

CALLIMAQUE.

Elle est toute tremblante.
D'où viennent vos chagrins ?

CHLOÉ, très-simplement.

Quand l'oiseleur cruel
Arrache la colombe à son nid maternel,
Ose-t-il demander à la pauvre captive
Pourquoi son œil est triste et sa voix est plaintive ?
Comme elle je languis dans la captivité.

CALLIMAQUE.

Quel mélange de grâce et de naïveté !
A ses beaux yeux les pleurs donnent encore des charmes.
Ah ! qu'il me serait doux de calmer ses alarmes !
Comme je lui rendrais sa chère liberté !

CLÉON, riant.

Callimaque s'enflamme.

CALLIMAQUE.

Oui, c'est la vérité !

(A part. à Cléon.)

C'est dommage de voir une fille aussi belle
A ce rustre... On dirait une pauvre hirondelle
Dans le lit d'un hibou... S'il voulait...

(Haut.)

Agathon,

Veux-tu me la céder ?

AGATHON.

Non, Callimaque, non ;

Je la garde pour moi.

CLÉON.

Voyons, l'heure nous presse,

Allons chez Phidias.

CALLIMAQUE, jetant un regard sur Chloé.

La divine maîtresse !

(Ils sortent.)

SCÈNE V.

CHLOÉ, PRAXITÈLE.

CHLOÉ.

Et maintenant, mes pleurs, coulez en liberté.
Qu'ils sont tristes les jours de la captivité.

(Chloé, rêveuse, ne s'aperçoit pas de l'entrée de Praxitèle, et celui-ci, tout
préoccupé des idées qui l'agitent, ne voit pas Chloé.)

PRAXITÈLE.

Le sort cruel s'oppose au bonheur qui m'appelle,
L'air est calme et la mer à mes désirs rebelle
Me retient sur ces bords.

(Il aperçoit Chloé.)

Mais qu'ai-je vu, grand dieux !

Chloé, Chloé vivante est là devant mes yeux ;
Je ne me trompe pas, je la vois.

CHLOÉ, s'élançant vers lui.

Praxitèle !

Je te retrouve enfin !

PRAXITÈLE.

Ma Chloé ! C'est bien elle !

Je te croyais une ombre ! Oh ! la joie en mon cœur
Éclate, et je ne peux supporter mon bonheur !

J'ai tant souffert, vois-tu !
CHLOÉ.
Mais le ciel nous rassemble
Et ce n'est plus souffrir que de souffrir ensemble.
PRAXITÈLE.
Tu parles de souffrir, pourquoi donc, cher amour,
Lorsque le ciel te rend à mes vœux en ce jour?
Quand je suis avec toi, souffrir !.. est-ce possible?
Le temps de la douleur a fui; mon rêve horrible
Se dissipe bien vite au soleil de tes yeux.
Près de toi je m'éveille et je bénis les dieux.
Nous ne souffrirons plus maintenant.
CHLOÉ, le regardant avec amour.
Praxitèle!
PRAXITÈLE.
Regarde-moi longtemps ainsi. Comme elle est belle !
Mon cœur par le chagrin loin de toi consumé,
Boit la vie à longs traits dans ton regard aimé.
J'étais si malheureux loin de notre patrie!
L'ennui d'un voile sombre enveloppait ma vie,
Et, rappelant les jours chers à mon souvenir,
Je demandais aux dieux un meilleur avenir.
CHLOÉ.
Tu m'aimes donc toujours ?
PRAXITÈLE.
T'aimer! Quand la rosée
Ranime par ses pleurs la nature épuisée,
Va-t-elle demander à la fleur : M'aimes-tu?
Ton amour rend la force à mon cœur abattu.
A ton aspect je sens renaître mon courage.
Près de toi je reviens au printemps de mon âge,
Lorsqu'assis tous les deux et ma main dans ta main,
Le cœur rempli d'amour nous parlions de l'hymen.
Je te retrouve enfin, toi, que j'avais perdue!
CHLOÉ.
A tes lèvres mon âme est toute suspendue.
Oh! parle, parle encor de ces jours d'autrefois.
PRAXITÈLE.
Te souvient-il du soir, où, sur le bord du bois,
Je saisis un ramier caché dans la verdure,
Et que pour l'enchaîner je te pris ta ceinture.

Le pauvre oiseau captif était tout palpitant,
Et tu me dis : « Là-bas sa compagne l'attend.
« Je veux le délivrer. » Puis tu lâchas ton aile,
Comme lui prisonnier, le triste Praxitèle,
Loin de toi sur ces bords fut longtemps retenu ;
Mais le jour du bonheur est enfin revenu.

CHLOË.

De ma belle Milo je veux être oublieuse,
Je te verrai toujours, je serai trop heureuse,
Et j'aime mieux l'exil te sentant près de moi,
Que les champs paternels où je vivais sans toi.
Ta voix a le secret de calmer mes alarmes ;
Ce sera du bonheur que de mêler nos larmes.
Je ne regrette plus ici la liberté.

PRAXITÈLE.

Que parles-tu d'exil et de captivité ?
Je suis libre à présent, plus d'exil, plus de chaînes !
Et sans les vents, déjà, je serais loin d'Athènes.
Nous partirons demain.

CHLOË.

                Tu veux quitter ces lieux ?
Mais je ne puis partir, je suis esclave.

PRAXITÈLE.

                            Dieux !
Qu'ai-je entendu ? Le sort, de ses bienfaits avare,
A peine réunis de nouveau nous sépare ?
Toi captive en ces lieux ! oh ! parle, cher amour,
D'où vient l'affreux malheur qui m'accable en ce jour ;
Par qui la liberté t'a-t-elle été ravie ?

CHLOË.

Depuis que le destin, loin de notre patrie,
Eut entraîné tes pas, seule avec mes douleurs,
Aux vagues de la mer j'allais mêler mes pleurs.
Quand Zéphyre, arrivant de la plage lointaine,
Rafraîchissait mon front de sa suave haleine,
Mon cœur était plus calme, et, dans l'air embaumé,
Je croyais respirer ton souffle bien-aimé.
Quand des myrtes la brise agitait les ramures,
Je retrouvais ta voix dans leurs plaintifs murmures.
Lorsque venait le soir, quand Phœbé, sur les flots,
Penchait son front d'argent, phare des matelots ;

J'aimais à contempler sa lumineuse trace.
Il la voit, me disais-je, il la suit dans l'espace,
Et dans l'astre charmant qui scintillait aux cieux,
Mon âme retrouvait un rayon de tes yeux.
Un jour, au bord des flots, je m'étais endormie;
Je rêvais, près de moi tu vins, ta voix amie
Me disait : « Ma Chloé, je t'adore toujours,
Et désormais Vénus protége nos amours. »
Je voyais, sur ton front que la gloire environne,
Le laurier d'Apollon former une couronne;
Dans tes regards si doux une mâle fierté,
D'un éclat inconnu rehaussait ta beauté;
Ta main taillait le marbre et ton cœur, Praxitèle,
Reproduisait mes traits dans une œuvre immortelle :
J'étais heureuse et fière!

PRAXITÈLE, enthousiasmé.
Oui, ce rêve enchanteur,
Quand j'étais seul ici souvent charma mon cœur!
Oui, j'ai taillé le marbre, et...
(A part.)
Mais je dois me taire,
J'ai juré, nul ne doit pénétrer ce mystère.
(Haut.)
Parle-moi de ton rêve.

CHLOÉ.
O vaine illusion!
Un instant dissipa la douce vision;
Des pirates avaient débarqué sur la rive.
Je m'éveillai trop tard, je m'éveillai captive.
Ils m'entraînaient, riant de mes chagrins amers!

PRAXITÈLE.
Les lâches!

CHLOÉ.
Le vaisseau fendit le sein des mers;
Ce matin seulement j'ai vu les murs d'Athènes.

PRAXITÈLE, avec enthousiasme.
Je te délivrerai, je briserai tes chaînes!
L'amour m'inspirera dans un dessein si beau!
Pour te sauver ce Dieu guidera mon ciseau!
Jusqu'à ce jour heureux, je n'aurai pas de trève;
Oui, ma Chloé, je veux réaliser ton rêve;

Je suis sculpteur aussi, moi! sur le Parthénon,
Vénus l'a dit, bientôt on inscrira mon nom.
Phidias, Phidias m'appellera son frère!
Oui, je veux triompher devant la Grèce entière.
Oh! du marbre! du marbre!.. et puis la liberté,
Le bonheur avec toi!

CHLOÉ.

Dans mon cœur tourmenté
Ta voix fait pénétrer le zèle qui t'enflamme,
Et mon âme à son tour sait comprendre ton âme.
Le génie et l'amour illuminent tes yeux!.
Ton destin resplendit sur ton front glorieux!
Oh! je t'aime, je t'aime!
(Elle lui jette ses bras autour du cou.)

PRAXITÈLE.

A mon cœur qui succombe
Que ton amour est doux, ô ma blanche colombe!
Cependant de tes bras il faut me dégager;
A te reconquérir ne dois-je pas songer?
Mais, dis-moi : ces marchands qui t'ont forgé des chaînes
Où sont-ils?

CHLOÉ.

Leur vaisseau s'est éloigné d'Athènes,
Ils m'ont vendue.

PRAXITÈLE.

Hélas! vendue! à qui? son nom?

CHLOÉ.

Il habite ces lieux; on le nomme Agathon.

PRAXITÈLE.

O ciel! il se pourrait! dans mon âme ravie
L'espérance renaît et tu me rends la vie.
Agathon fut mon maître, et, grâce à sa bonté,
J'ai depuis ce matin conquis ma liberté.
Je saurai le toucher; il comprendra tes larmes;
Nous allons être heureux, dissipe tes alarmes.

CHLOÉ.

Je n'ose me fier, hélas! à cet espoir.

PRAXITÈLE.

Rassure-toi, Chloé; je vais bientôt le voir
Et lui parler de toi.
(Agathon, Phidias, Callimaque et Cléon entrent par le fond en causant.)

CHLOÉ.
Le voici qui s'avance.

PRAXITÈLE.
Comme mon cœur bat vite ! ô divine espérance,
Soutien des malheureux, ne m'abandonne pas.
Je vais...

(Il fait un mouvement.)

Mais des amis accompagnent ses pas,
Phidias le précède, et devant lui je tremble.
Il faut attendre encor.

(Il entraine Chloé et ils se cachent dans la verdure.)

SCÈNE VI.

LES MÊMES, cachés, **AGATHON, PHIDIAS, CALLIMAQUE, CLÉON.**

CLÉON.
Nous voici tous ensemble.
Allons, décide-toi ; montre-nous ta Vénus.

CALLIMAQUE.
Il me tarde de voir ses charmes inconnus.
Nous allons rire un peu.

AGATHON, ouvrant le pavillon.
Riez donc.

PRAXITÈLE, caché à part.
Ah ! Ma vue
Se trouble ; Phidias est devant ma statue.

AGATHON.
Qu'en dis-tu, Phidias ?...

(Phidias reste en contemplation devant la statue sans mot dire. Comme dans le premier acte, la statue est cachée au public, les acteurs seuls sont censés la voir.)

CHLOÉ, cachée, montrant la statue à Praxitèle.
Dieux ! quelle illusion !
Praxitèle ! voilà, voilà ma vision.
Elle est là, devant moi, je la vois, c'est...

PRAXITÈLE.
Achève.

CHLOÉ.
Le marbre qu'à Milo tu sculptais dans mon rêve.

PRAXITÈLE, même jeu.

Dans ton rêve? oui, c'est toi...

CLÉON, à Phidias.

Vrai, ce n'est pas trop mal !

AGATHON.

Tu vois que lorsqu'on veut on fait de l'idéal,
·Comme toi, Phidias.

PRAXITÈLE, à part.

Ah ! mon âme est émue,

Mon front brûle !

PHIDIAS, à Agathon.

C'est toi qui fis cette·statue ?

AGATHON.

Oui, c'est moi.

PHIDIAS.

Tu veux rire.

AGATHON.

Eh ! non, je ne ris pas.

PHIDIAS.

Quoi? tu veux soutenir...

AGATHON.

Sans doute, Phidias.

PHIDIAS, à Agathon.

Agathon, je suis franc, moi, je ne sais pas feindre :
Ce n'est point ton ouvrage.

AGATHON.

Ah ! c'est trop me contraindre !

Ce langage me blesse, et, je le jure ici,
Je ne souffrirai plus que l'on m'outrage ainsi.
Des succès d'un rival ta vanité s'irrite !
Dans Athènes toi seul as donc quelque mérite?
Hormis toi, nul ne peut être appelé sculpteur !

PHIDIAS.

Moi, bassement jaloux ? tu juges mal mon cœur,
Agathon, il est pur de toute ignominie,
Et je fus toujours fier d'honorer le génie.
Ce marbre est un chef-d'œuvre.

PRAXITÈLE, caché à part.

O ciel ! qu'ai-je entendu ?

Phidias ! un chef-d'œuvre ! hélas ! je l'ai perdu.

AGATHON.

Ainsi donc, Phidias, tu m'en crois incapable?

PHIDIAS.

Je te crois un sculpteur partout fort estimable,
Tu connais le métier fort bien, et ton ciseau
Peut fouiller une frise, orner un chapiteau ;
Ta main adroite, autour d'un torse de bacchante,
Sait enrouler le pampre et la feuille d'acanthe ;
Et bien qu'au trivial tu sois toujours porté,
L'on rencontre chez toi certaine habileté.
Mais ce n'est point de l'art.

AGATHON.
Tu dis?..

PHIDIAS.
L'art, c'est la flamme
Qui brûle ; c'est le dieu qui bouleverse l'âme,
C'est le don merveilleux de deviner le beau,
C'est ce je ne sais quoi qui pousse le ciseau,
Quand l'âme du sculpteur, d'un démon obsédée,
Parvient à condenser en marbre son idée,
Et que le front brisé du Jupiter nouveau
Laisse échapper Pallas de son puissant cerveau.
Je te l'ai déjà dit, ton âme, sybarite,
Dans de pareils travaux se fatiguerait vite,
Et tu ne pourrais pas subir un seul moment
Les cruelles douleurs de cet enfantement.
Tu me croyais jaloux ? Écoute ma parole :
De l'art dont je parlais cette œuvre est le symbole,
De ces contours charmants j'aime la pureté,
Et la grandeur s'y mêle à la simplicité.
Ce n'est pas seulement l'idéal de la femme,
Ce que j'admire, moi, dans ce marbre, c'est l'âme.
Un rayon immortel anime sa beauté.
Dans son regard divin brille la majesté,
D'une chaste pudeur sa nudité se pare,
C'est bien une déesse ! Aussi je le déclare,
Jamais rien d'aussi beau ne parut à mes yeux.
Un sculpteur nous est né, remercions les dieux,
Oui, devant ta Vénus courbant sa tête nue,
O génie ignoré, Phidias te salue !

(Phidias s'incline devant la statue. — Praxitèle, ne pouvant plus modérer
son enthousiasme aux derniers mots de Phidias, se précipite vers lui.)

PRAXITÈLE.

Oh! qu'il est grand et beau ! Phidias ! Phidias !

(En apercevant le visage d'Agathon qui le regarde, il va se jeter à ses
pieds.)

Au nom des immortels ne me repoussez pas.

AGATHON, à part.

Le traître ! il écoutait; je crains qu'il ne révèle...

(Haut.)

Que fais-tu donc encor en ces lieux, Praxitèle ?
Toi qui soupirais tant après la liberté,
Ton peu d'empressement m'étonne en vérité.

PRAXITÈLE.

Maître, c'est vrai, vos mains ont brisé mon entrave,
Écoutez-moi, pourtant.

(Phidias et ses amis s'approchent. Agathon s'efforce de détourner leur
attention.)

AGATHON.

Ce n'est rien, un esclave
Que j'affranchis... je vais être à vous à l'instant.

(Phidias et ses amis s'éloignent et reviennent examiner la statue. Chloé se
tient à l'écart. — A Praxitèle.)

Toi, si tu me trahis, songe au sort qui t'attend.

PRAXITÈLE.

A mon serment toujours je resterai fidèle;
Je me tairai.

AGATHON.

De moi que veux-tu, Praxitèle ?

PRAXITÈLE.

Vous supplier encor. Laissez-vous attendrir.
Sans ma Chloé d'ici je ne saurais partir.
Maître, rendez-la-moi ; souffrez que la captive
Avec moi de Milo puisse revoir la rive,
Là-bas nous bénirons tous deux votre bonté.

AGATHON.

Quoi ! ce matin je t'ai rendu la liberté,
Tu n'es pas satisfait! tu demandes encore?
Je me lasse à la fin.

PRAXITÈLE.

Songez que je l'adore.
Regardez-la pâlir et trembler devant vous.
Ah ! laissez-vous fléchir j'embrasse vos genoux.

AGATHON.

Ah! tu l'aimes ? tant mieux, je la garde en otage.
Pour moi de ta parole elle sera le gage :
Si tu disais jamais que cette œuvre est de toi,
Chloé mourrait.

PRAXITÈLE.

De grâce, ayez pitié de moi !

AGATHON.

Non, je veux la garder; d'ailleurs elle est fort belle,
Et j'ai, tu le sais bien, grand besoin d'un modèle.
Qu'on l'emmène, Lysias.

(On emmène Chloé.)

PRAXITÈLE, avec désespoir.

Ah ! vous brisez mon cœur !
Un modèle, Chloé! Mais songez-y, seigneur.

(Il se traine aux genoux d'Agathon, qui le repousse.)

Vous ne m'écoutez plus, hélas! tout m'abandonne !

(Il s'approche de Phidias.)

Vous portez sur le front une noble couronne,
Vous les dépassez tous de la tête et du cœur,
Venez à mon secours, il me prend mon bonheur.
Il flétrit mon amour. Oui; parce qu'elle est belle,
Il veut que ma Chloé lui serve de modèle !
Comprenez-vous cela ? Son cœur est donc de fer ?
Et moi je souffrirai les tourments de l'enfer,
En songeant que bientôt la pauvre infortunée
Par des regards impurs se verra profanée,
Et subira tremblante et, la rougeur au front,
D'un honteux examen le dégradant affront !
Pour l'odieux métier auquel il la condamne
Ce pays n'a-t-il pas plus d'une courtisane?
Et n'est-ce pas cruel d'arracher froidement
La vierge chaste et pure aux bras de son amant ?
Vous sentez, n'est-ce pas, les douleurs que j'endure,
Vous avez un grand cœur?

PHIDIAS.

As-tu l'âme assez dure
Pour briser le bonheur de ce cœur amoureux ?

CALLIMAQUE.

Un artiste, Agathon, doit être généreux.

PHIDIAS.

Je t'offre pour rançon ma Vénus Aphrodite;
Tu sais que de cette œuvre on vante le mérite,
Veux-tu ?

AGATHON.

De me l'offrir épargne-toi le soin.
Lorsqu'on fait des Vénus on n'en a pas besoin.

PRAXITÈLE.

Maître, depuis une heure à vos pieds, que j'embrasse,
Je me traine en pleurant et je demande grâce,
Votre cœur reste sourd, vous repoussez mes cris.
Vous êtes bien cruel pour moi, je vous maudis !
Mais je me vengerai.

(Avec ironie.)

Votre Vénus est belle,
Phidias le proclame; eh bien! je...

AGATHON, bas.

Praxitèle!
Un mot, et de Chloé j'ordonne le trépas.

PRAXITÈLE, bas, avec mépris.

Quand j'ai fait un serment, je ne le trahis pas.
Nul ne saura jamais cette odieuse histoire.

(D'une voix éclatante.)

Mais du triomphe au moins vous n'aurez pas la gloire.
Vénus, pardonne-moi.

(Il s'élance dans le pavillon et brise la statue.)

AGATHON, furieux.

Qu'ai-je entendu, grands dieux !
Qu'on saisisse à l'instant cet esclave odieux !

PRAXITÈLE, sortant du pavillon, les yeux égarés.

Elle est là ! ses beaux bras sont gisants sur le sable!
Elle est morte, et c'est moi!.. je suis un grand coupable.

(Il va tomber inanimé sur les marches de l'escalier d'Agathon.)

FIN DU DEUXIÈME ACTE.

ACTE TROISIÈME.

Le théâtre représente le péristyle du Parthénon à Athènes. Les portiques qui le séparent de l'intérieur du temple sont fermés par des vélariums.

—

SCÈNE PREMIÈRE.

ASPASIE, seule.

Ainsi, quand tu brisais les fers de Praxitèle.
C'était pour profiter de son œuvre immortelle,
Généreux Agathon! Ah! sois sûr qu'aujourd'hui
Je saurai le venger... Mais que vois-je? c'est lui!
Il erre près des lieux où l'attendait la gloire.
Du triomphe sa tête a gardé la mémoire.

SCÈNE II.

ASPASIE, PRAXITÈLE.

Aspasie s'est un peu retirée en arrière pour dire les derniers vers. — Pendant ce temps, Praxitèle marche d'un air égaré sous le péristyle en cherchant à se rendre compte de l'endroit où il est.

PRAXITÈLE.
Où suis-je donc, ici?

ASPASIE.
Voilà le Parthénon.

PRAXITÈLE.
Auprès de Phidias qu'on y grave mon nom.
Oui, Vénus m'a promis la gloire... elle m'appelle.
(Changeant tout à coup de ton.)
Agathon de Chloé voulait faire un modèle.
Je viens de la tuer! j'ai bien fait, n'est-ce pas?
Pour éviter l'horreur de la voir dans ses bras,
Je l'ai, comme un barbare, à mes pieds abattue.
(Il s'approche d'une colonne et en touche le marbre avec émotion.)
Du marbre! ah! je vais faire une belle statue!

L'amour m'inspirera ! Chloé, sous mon ciseau,
Renaîtra. Je veux faire un chef-d'œuvre nouveau.
(Il essaye de travailler.)
Mais non ; je ne peux pas, vois-tu. Ma pauvre tête
Semble un vaisseau fouetté d'une horrible tempête.
Pourtant, si j'en ai bien gardé lé souvenir,
Vénus me promettait un riant avenir.

ASPASIE.

Ranime ton espoir.

PRAXITÈLE.

C'est étrange, il me semble
Entendre encor sa voix ; la tienne lui ressemble ;
Serait-ce toi, Vénus ?

ASPASIE.

Praxitèle, oui c'est moi.
Sous le nom de Vénus je me montrais à toi.
Je te disais qu'un jour la Grèce serait fière...

PRAXITÈLE.

O puissante déesse, exauce ma prière,
Rends-moi Chloé ; qu'ici ses yeux revoient le jour.
Je t'en prie à genoux, ô mère de l'amour !
Ah ! ne repousse pas mes vœux !

ASPASIE.

Mais, Praxitèle,
Je ne suis point Vénus, je suis une mortelle.
Ah ! reprends ta raison, ta Chloé vit encor.

PRAXITÈLE.

Elle vit ! Que dis-tu ? Ma Chloé, mon trésor,
Elle est vivante ?

ASPASIE.

Oui.

PRAXITÈLE.

Dérision cruelle !
Ah ! tu veux me tromper, je le sens.

ASPASIE.

Praxitèle,
Crois ce que je te dis, bientôt tu la verras.

PRAXITÈLE.

Tu me disais : Courage et tu triompheras !
Je ne triomphe pas pourtant ! Elle est bien morte.
Je l'ai tuée, hélas ! Tu vois bien cette porte ?

C'est le chemin qui mène à l'immortalité.
J'en veux franchir le seuil; non, je suis arrêté.
Je ne peux pas, non, non.

ASPASIE.

Pauvre enfant!

CHLOÉ, appelant de la cantonade.

Praxitèle!

Praxitèle!

PRAXITÈLE.

Quelle est cette voix qui m'appelle?

SCÈNE III.

LES MÊMES, CHLOÉ, entrant vivement et se précipitant dans les bras de Praxitèle qui la regarde d'un air égaré.

CHLOÉ.

Je me suis échappée et j'accours dans tes bras.

ASPASIE.

Sa raison est troublée, il ne te connaît pas.

CHLOÉ.

O ciel! Que dites-vous? Sa raison... Praxitèle,
Reconnais-moi; c'est moi, moi, ta Chloé fidèle;
Mais, qu'as-tu donc? Pourquoi cet aspect égaré?
Regarde-moi ces traits qui t'avaient inspiré :
Ce sont les miens.

ASPASIE.

Tu vois, il se tait.

CHLOÉ.

Ah! Je tremble!

(Avec beaucoup de tendresse.)

Viens, parlons de Milo; là, nous vivions ensemble,
Là nous étions heureux; souviens-toi des beaux jours
Où libres, souriants...

PRAXITÈLE, revenant à lui.

Oh! parle-moi toujours.

Je n'éprouvai jamais une ivresse pareille;
Oui, mon âme endormie à ta voix se réveille,
Ma Chloé, maintenant je renais de nouveau :
Le soleil de l'amour éclaire mon cerveau.

CHLOÉ.

Ah ! Je le savais bien !

PRAXITÈLE.

Je ne suis plus le même,
J'ai toute ma raison, à présent, et je t'aime.
J'ai brisé ma Vénus, mais, vois-tu, cher amour,
Près de toi j'en puis faire une plus belle un jour.

CHLOÉ.

Crois-moi : la gloire n'est qu'une vaine fumée.
Moi je t'aime pour toi, non pour ta renommée.
Aux applaudissements conquis au Parthénon,
Je préfère ta voix qui murmure mon nom.

ASPASIE.

Chloé ! Que ton amour ne soit pas égoïste,
Aime-le, comme on doit aimer un grand artiste.
L'amour, de l'art divin sublime inspirateur,
Ne doit pas étouffer mais grandir le sculpteur.
C'est toi qui l'inspiras, sois fière de sa gloire,
Et la postérité bénira ta mémoire.
La Grèce te devra son génie, et les dieux
Protégeront l'amour qui le fit glorieux.
Nous allons couronner ton œuvre, Praxitèle.

PRAXITÈLE.

On va la couronner ?

ASPASIE.

Sans doute.

PRAXITÈLE.

Où donc est-elle ?
Il ne doit en rester que d'informes débris
Et...

ASPASIE.

Quoique mutilée on lui donne le prix.

PRAXITÈLE.

Le prix ! Elle a le prix, ma Vénus ? Parle encore,
Je t'écoute.

ASPASIE.

Ton œuvre, un autre s'en honore.
Cet autre est Agathon ; mais je veux dévoiler
La vérité.

PRAXITÈLE.

Non, non, il ne faut pas parler ;

Mon serment !

ASPASIE.

Soit! Mais moi, nul serment ne m'enchaîne,
Je dirai tout; je veux que ce soir, dans Athène,
On connaisse sa honte en acclamant ton nom.

PRAXITÈLE, avec enthousiasme, changeant brusquement de ton.

Quoi! Je triompherais! Mais je me souviens... Non,
Non, je ne le veux pas.

(Montrant Chloé.)

Elle est en sa puissance,
Elle serait victime, hélas! de sa vengeance.
Il m'a dit : « Si l'on sait que cette œuvre est de toi,
« Chloé mourra. » Chloé mourir! Oh! Jure-moi
De ne rien dévoiler... Qu'il triomphe à ma place,
Mais que ma Chloé vive Oh! Jure-le, de grâce,
Tais-toi.

ASPASIE.

Si je me tais, songe qu'au Parthénon
Bientôt le peuple entier va proclamer son nom;
Songe que Phidias admire cet ouvrage.

PRAXITÈLE.

Phidias! Phidias! Que m'importe l'image!
Lorsque là, dans mes bras, j'ai la réalité.

(Prenant Chloé sur son cœur avec amour et enthousiasme.)

Quel marbre peut valoir sa grâce et sa beauté.

CHLOÉ.

Oh! je t'aime !

PRAXITÈLE.

Ta voix ranime mon courage,
Au triomphe mon cœur préfère l'esclavage
Tu vivras, avec toi mes fers me seront doux.

(A Aspasie.)

Oh! ne dis rien au moins; je t'en prie à genoux.

(Praxitèle et Chloé sortent.)

SCÈNE IV.

ASPASIE, seule.

Il fait à son amour l'offrande de sa gloire;
Mais moi dois-je souffrir une action si noire!

Agathon aurait-il l'indigne cruauté
De venger sur Chloé son orgueil irrité ?
Je le crains, de son sort il est souverain maître ;
Ne pourrais-je donc pas la délivrer ? Peut-être...
Oui, je veux le tenter... Mais voici Phidias.
Que vient-il faire ici puisqu'il ne concourt pas ?
Aurait-il des soupçons ?.. Je vais avec adresse
M'en assurer.

SCÈNE V.

ASPASIE, PHIDIAS.

PHIDIAS.

Salut à la belle maîtresse
Du plus heureux des Grecs, de l'illustre Agathon.
Ce Crésus au concours va triompher, dit-on.

ASPASIE.

Cela t'étonne ?

PHIDIAS.

Oh ! oui, je ne saurais le croire :
Que va-t-il se mêler d'aspirer à la gloire ;
N'est-il pas trop heureux de se voir ton amant ?
L'or, la gloire et l'amour s'assemblent rarement.
Aussi, triomphât-il, je ne saurais admettre
Son génie...

ASPASIE.

Il faut bien pourtant le reconnaître.

PHIDIAS.

Que tous ces jeunes fous qui se moquaient de lui,
Sans pouvoir le juger, l'exaltent aujourd'hui,
Rien n'est plus naturel, car ils ont la manie
De flatter le succès aux dépens du génie.
De celui qui s'élève ils se font courtisans ;
Devant chaque vainqueur ils font fumer l'encens.
L'homme qui réussit a droit à leur hommage
Ils l'adulent, et font bon marché de l'ouvrage
S'il ne triomphe pas. Qu'ils sont fastidieux
Ces hommes à l'affût de tout nom glorieux,
Qui, sans comprendre l'art, s'attachent à l'artiste.
Chiens couchants de celui qu'ils suivent à la piste,

Heureux lorsqu'on les voit cramponnés à ses pas,
Et voulant faire croire au talent qu'ils n'ont pas.
Mais le voici superbe et relevant la tête !

(Aspasie va pour sortir.)

SCÈNE VI.

LES MÊMES, AGATHON.

AGATHON, à Aspasie.

Mon aspect te fait fuir?

ASPASIE, avec une légère feinte d'ironie.

Non pas, mais pour la fête
Je vais me préparer; voici bientôt l'instant
Où dans le Parthénon le triomphe t'attend.

AGATHON.

J'aurai le prix, tu crois?

ASPASIE.

Mais Phidias lui-même
A-t-il rien fait de mieux que cette Vénus?

AGATHON.

J'aime
A t'entendre parler ainsi; mais...

ASPASIE.

Ah ! pardon,
Agathon, j'oubliais... Veux-tu me faire un don ?

AGATHON.

Un don !

ASPASIE.

Je t'en préviens, c'est une fantaisie.

AGATHON.

C'est un ordre pour moi qu'un désir d'Aspasie;
Explique-toi sans crainte, et, quel qu'en soit le prix,
A cette fantaisie à l'instant je souscris,
Que veux-tu?

ASPASIE.

Je voudrais cette esclave si belle
Que tu viens d'acheter pour en faire un modèle.

AGATHON.

Quel charme cette esclave a-t-elle donc pour toi?

ASPASIE.

Je t'ai dit que c'était un caprice.

AGATHON.

Ma foi!

Je suis au désespoir de ton désir, ma chère,
De cette esclave-là je ne puis me défaire;
Mais je te donnerai tout ce que tu voudras.

ASPASIE.

Tu me refuses donc?

(Mouvement d'Agathon. — A part.)

Tu le regretteras!

(Aspasie sort.)

SCÈNE VII.

AGATHON, PHIDIAS, CLÉON et CALLIMAQUE,
arrivant de deux côtés opposés.

CLÉON.

Je croyais ne pouvoir arriver assez vite.

AGATHON.

Pourquoi donc?

GALLIMAQUE.

Je t'embrasse et je te félicite.

AGATHON.

De quoi?

CLÉON.

Mais dans la ville il n'est bruit que de toi.

CALLIMAQUE.

Ton triomphe est certain maintenant!

CLÉON.

Ah! pour moi,

J'ai toujours reconnu ton talent.

AGATHON.

Sur mon âme,

Tu m'étonnes, Cléon!

GALLIMAQUE.

Partout on te proclame

Un nouveau Phidias.

CLÉON.

Chacun est transporté.

CALLIMAQUE.

Ton nom ira tout droit à la postérité.

AGATHON.

Vous me flattez.

CLÉON.

Non pas, c'est pure modestie

De ta part.

CALLIMAQUE.

Jusqu'ici tu cachais ton génie,

C'est connu...

CLÉON.

Que ce jour est pour toi glorieux!

CALLIMAQUE.

Pour t'applaudir enfin nous venons en ces lieux.

CLÉON.

Ta Vénus, qu'un barbare, hélas! a mutilée,
Va paraître au milieu de la foule assemblée
Au Parthénon; tu dois triompher, et j'accours.

AGATHON.

Oui, ma Vénus sans doute est admise au concours,
Mais je n'ai pas le prix encor. L'Aréopage
Délibère, et j'attends.

CLÉON.

Ranime ton courage,
Phidias pourrait seul te disputer l'honneur
Du prix... en s'abstenant il te nomme vainqueur.

AGATHON.

Se retirer ainsi, n'est-ce point un outrage?
N'est-ce point du mépris?

PHIDIAS, ironiquement.

En voyant cet ouvrage,
A t'en croire l'auteur je n'ai pu consentir,
Je conviens de mes torts et ne sais pas mentir.

(Riant.)

Tu viens de commencer ta seconde manière.

CALLIMAQUE.

Mais on la pressentait déjà dans la première.

CLÉON.

Pour moi j'ai toujours dit, mon cher, que tes essais
Annonçaient un grand homme en germe, tu le sais.

SCÈNE VIII.

LES MÊMES, UN MESSAGER DE L'ARÉOPAGE.

LE MESSAGER, à Agathon.

Le concours est fini, seigneur ; l'Aréopage,
A l'unanimité couronne votre ouvrage :
La Vénus est au temple, et, devant vos rivaux,
Vous allez recevoir le prix de vos travaux.

(Le messager sort.)

SCÈNE IX.

LES MÊMES, moins LE MESSAGER.

CALLIMAQUE.

Que te disais-je ?

AGATHON, joyeux.

Enfin !

CLÉON.

Sur ton front qui rayonne,
La prêtresse bientôt va placer la couronne.

CALLIMAQUE.

Ton nom est immortel !

CLÉON.

Gloire à l'heureux vainqueur !

AGATHON, avec orgueil.

Votre voix sait trouver le chemin de mon cœur.

SCÈNE X.

LES MÊMES, ATHÉNIENS et ATHÉNIENNES.

(Des groupes d'Athéniens et d'Athéniennes arrivent et remplissent le péristyle en félicitant Agathon.)

PHIDIAS.

Il vont le couronner ! ils exaltent sa gloire !
Me serais-je trompé sur lui ? dois-je les croire ?
* Le beau, splendeur du vrai, comme le dit Platon,
* Ne serait qu'un vain mot si l'œuvre est d'Agathon.
* Le métier, c'est donc tout, s'il est vrai qu'un manœuvre
* Puisse, sans le comprendre, enfanter un chef-d'œuvre !

(1) Les vers marqués d'un astérique sont supprimés à la représentation.

S'il suffit de savoir manier un ciseau
Pour atteindre aux hauteurs du sublime et du beau!
* Mais qu'est donc l'idéal et qu'est donc le génie?
* Une dérision! une amère ironie!
Non! par un feu divin l'artiste est inspiré;
Où se cache-t-il donc ce génie ignoré,
Dont Agathon exploite ainsi la jeune gloire?
Pourquoi renonce-t-il lui-même à la victoire?
Pourquoi ne vient-il pas se jeter dans mes bras
Et me dire : Je suis ton frère, Phidias?

SCÈNE XI.

Les mêmes, PRAXITÈLE et CHLOÉ.

PRAXITÈLE.

Chloé, rien qu'un instant!

CHLOÉ.

Où veux-tu me conduire.

PRAXITÈLE, montrant le temple avec émotion.

On va la couronner!

CHLOÉ.

A peine je respire.
Ah! ce marbre maudit, tu l'aimes mieux que moi,
Hélas!

PRAXITÈLE.

Je vous confonds dans mon cœur, elle et toi!

CHLOÉ.

On te ravit ta gloire et je crains, Praxitèle,
Qu'auprès de moi ton cœur ne soupire pour elle.

PRAXITÈLE, vivement.

Je ne regrette rien. Sans doute au Parthénon
J'aurais pu triompher; mais qu'importe le nom,
Ce n'est point Agathon, c'est elle qu'on couronne,
Mon œuvre, ma Vénus, mon génie!

CHLOÉ.

Ah! pardonne
Mes pleurs.

PRAXITÈLE, très-ému.

Dieux! qu'ai-je vu, Chloé? c'est Phidias;
Si j'osais lui parler! non je ne le dois pas.

SCÈNE XII.

LES MÊMES.

(Les valériums, qui fermaient le temple s'ouvrent aux sons de la musique. —
On aperçoit l'intérieur du temple renfermant la statue colossale de Minerve,
au pied de laquelle, sur un piédestal orné de guirlandes de fleurs, se trouve
la Vénus de Milo. — Les deux coryphées, des jeunes filles portant des
lyres, des enfants, des vieillards entrent aux sons de la musique et entou-
rent la statue. — Les coryphées descendent les marches du temple et viennent se placer sur le devant du théâtre pour réciter les strophes.)

MÉLOPÉE.

(Pendant la scène précédente et le chœur suivant Phidias les observe avec
attention.)

LE CHŒUR.

O puissante Vénus, accepte notre hommage!
Par tes attraits divins un mortel inspiré,
Du marbre de Paros fit jaillir ton image,
Fais qu'à jamais son nom soit de gloire entouré.

UNE JEUNE FILLE.

Oui l'on croirait te voir, lorsque, sortant de l'onde,
Ta présence anima l'univers enchanté,
Et que, plus d'une nymphe en sa grotte profonde,
Fut se cacher jalouse en voyant ta beauté.

UN JEUNE HOMME.

Oui, l'on croirait te voir, aimable souveraine,
Quand tu parus au seuil des palais immortels,
Et que l'Olympe entier, reconnaissant sa reine,
S'inclina devant tes autels.

UNE JEUNE FILLE.

Jadis aux champs troyens tu n'étais pas plus belle,
Quand le berger Pâris courounait tes appas,
Où, lorsque dénouant ta ceinture immortelle,
Le charmant Adonis s'endormait dans tes bras.

UN JEUNE HOMME.

Tu n'étais pas plus belle, ô reine de Cythère,
Alors que du dieu Mars tu charmais les ennuis,
Et que pour prolonger cet amoureux mystère,
Phébus laissait durer les nuits.

LE CHŒUR.

O puissante Vénus, accepte notre hommage!

Par les attraits divins un mortel inspiré,
Du marbre de Paros fit jaillir ton image,
Fais qu'à jamais son nom soit de gloire entouré.

(Les coryphées retournent se placer sur les marches du temple et Aspasie vient
à côté de la statue; elle tient une couronne de laurier.)

ASPASIE, du haut de l'autel.

Peuple, entends-moi, Vénus inspire sa prêtresse,
Voici l'ordre de la déesse :
Le génie est aimé des dieux,
Athéniens, rendez-lui tous hommage;
Que le sculpteur dont l'art sut créer mon image,
Vienne ceindre son front du laurier glorieux.

(Agathon monte sur l'estrade d'un air triomphant et s'approche d'Aspasie
pour recevoir la couronne... Il rencontre Praxitèle qui, entraîné par son
enthousiasme, s'élançait à l'autel : il le repousse, et Praxitèle va tomber
dans les bras de Chloé.)

PHIDIAS, qui a tout compris, se précipitant vers Agathon.

Non, tu n'es pas l'auteur de cette œuvre immortelle :

(Désignant Praxitèle et Chloé.)

Voici le statuaire et voilà le modèle!

ASPASIE, ramenant Praxitèle couronné.

Ta Chloé t'est rendue.

AGATHON, furieux.

Oh! je ne le veux pas,
Cette esclave est à moi, qu'elle suive mes pas.

ASPASIE.

L'ordre de Périclès vient de briser ses chaînes,
Désormais Praxitèle est citoyen d'Athènes.

(Le peuple fait éclater sa joie : le rideau tombe.)

FIN.

LAGNY. — Imprimerie de VIALAT.

www.ingramcontent.com/pod-product-compliance
Lightning Source LLC
Chambersburg PA
CBHW061657180626
46818CB00003B/1134